Le Brun Jeune

8°y 31

1929

CATALOGUE
DE TABLEAUX
DES TROIS ÉCOLES,
GOUACHES, MINIATURES,
DESSINS MONTÉS,
TERRE CUITE, PORCELAINE,
ET AUTRES OBJETS DE CURIOSITÉ,

Provenant du Cabinet de M***

Dont la Vente se fera le Lundi 14 & Mardi 15 Avril 1783, en la grande Salle de l'hôtel de Bullion.

Par LE BRUN jeune.

L'on verra les Objets le Dimanche 13 Avril, depuis dix heures du matin jusqu'à une heure, & les jours de Vacations.

Le présent Catalogue se distribue à Paris chez MM. LE BRUN & BOILEAU, rue du Mail, au coin de celle Montmartre, maison du Limonadier.

✿

A PARIS;
De l'Imprimerie de PRAULT, Imprimeur du Roi, Quai des Augustins.

M. DCC. LXXXIII.

CATALOGUE

DE TABLEAUX

DES TROIS ÉCOLES,

GOUACHES, Miniatures, Deſſins montés; Terre cuite, Porcelaine & autres Objets du curioſité,

PROVENANT du Cabinet de M***

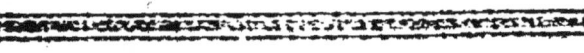

TABLEAUX,

ÉCOLE ITALIENNE.

LESPAGNOLET.

N° 1 SAINT PIERRE vu à mi corps & de grandeur naturelle; il eſt vêtu d'une dra-perie jaune & violette, ayant la main ſur

A ij

la poitrine, & l'autre appuyée sur un livre.

Hauteur 34 pouces, larg. 26 pouces. T.

PELLEGRINI.

2 Deux Tableaux, l'un repréfentant la Muſique caractérifée par Terpſicore, l'autre le Printems & l'Autonne ; compoſition de ſix figures chaque.

Hauteur 12 pouces, larg. 14 pouces. T.

3 Une Vierge tenant l'Enfant Jéſus entre ſes bras ; il eſt debout & tient un livre entre ſes mains.

Hauteur 27 pouces, larg. 21 pouces. T.

ÉCOLE DES PAYS-BAS.

D. TENIERS.

4 Un Payſage, Clair de Lune, orné de maſure ; ſur le devant à droite, l'on voit ſix Figures d'hommes & de femmes groupés près d'un feu ; la gauche offre différens plans.

Hauteur 14 pouces, largeur 10 pouces. B.

JOEN.

5 Un Paysage ; sur le devant sont trois hommes & un chien près d'un chemin ; la gauche offre des masses de rochers.

Hauteur 10 pouces, larg. 13 pouces. B.

6 Un Tableau représentant un intérieur de chambre, où l'on voit trois figures d'hommes & de femme près d'une table à jouer, d'après Teniers.

Hauteur 7 pouces, largeur 10 pouces. B.

HENRI STÉENVICK.

7 Un intérieur d'Eglise, dans lequel l'on voit beaucoup de figures sur différens plans ; la droite offre une chapelle collatérale.

Hauteur 14 pouces & demi, largeur 17 pouces & demi. B.

CORNEILLE DU SARD.

8 Une Cour, où l'on voit une femme à la porte d'une Laiterie couverte d'un apenti orné de seps de vignes ; près d'elle sont différens accessoires de cuisine.

Hauteur 9 pouces, largeur 8 pouces. B.

A iij

DE HONT.

9 Un Payſage, d'une belle compoſition, orné de figures; l'on voit ſur le devant une attaque de voleurs.

Hauteur 27 pouces, largeur 40 pouces. T.

JACQUES RUISDAEL.

10 Un Payſage, au milieu ſe voyent trois hommes, dont deux occupés à pêcher.

Hauteur 9 pouces, largeur 13 pouces. B.

SALOMON RUISDAEL.

11 Un Payſage, ſur le devant eſt un chemin au bord duquel ſont trois hommes; le fond offre une maſſe de payſage & de chaumiere.

Hauteur 5 pouces, largeur 7 pouces. B.

MOLYN.

12 Un Payſage; ſur le devant paſſe une riviere; on y voit un bateau où ſont trois figures; à droite eſt une maſſe de payſage & de chaumiere au milieu duquel eſt un pont de bois.

Hauteur 6 pouces & demi, largeur 8 pouces. B.

ANDRÉ BOTH.

13 Un Site montagneux ; sur la gauche se voit une forteresse élevée sur des rochers, au bas desquels se voyent différentes figures & animaux près de la mer, où l'on voit une barque de pêcheurs.

Hauteur 9 pouces, largeur 11 pouces. T.

BOTH & BEAUDOUIN.

14 Un Paysage orné de figures & animaux.

Hauteur 10 pouces, largeur 8 pouces & demi. T.

GUILLAUME DE HEUS.

15 Deux Paysages représentant des sites pittoresques, ornés de figures & animaux sur différens plans.

Hauteur 6 pouces, largeur 9 pouces. B.

DECKER.

16 Un Paysage orné de fabriques & de chaumieres, au bas desquelles passe un riviere, où l'on voit un bateau de pêcheurs.

Hauteur 13 pouces , largeur 12 pouces. B.

A iv

GONZAL COQ.

17 Le Portrait d'un jeune Magistrat coëffé en cheveux; il est vêtu d'un rabat & d'une robe noire.

Hauteur 20 pouces, largeur 15 pouces. T.

IDEM.

18 Le Portrait d'une jeune Princesse, vêtue en blanc, vue de profil jusqu'à mi-corps.

Hauteur 24 pouces, largeur 20 pouces. T.

MICHAU.

19 Deux Tableaux ornés d'un grand nombre de figures d'hommes & de femmes; l'un offre un marché au poisson auprès d'un port où l'on voit différentes barques; l'autre un marché d'animaux orné d'un grand nombre de figures.

Hauteur 7 pouces, largeur 9 pouces. B.

IDEM.

20 Un Paysage, à la droite est une hôtellerie où l'on voit plusieurs Cavaliers, près d'eux est une femme qui leur verse à boire;

la gauche offre une riviere où font différentes figures.

Hauteur 10 pouces, largeur 12 pouces. B.

BARTHOLOMÉ BREEMBERG.

21 L'Adoration des Rois, composition de
plus de vingt figures, ornée de ruine,
d'architecture & de payfage.

Hauteur 30 pouces, largeur 37 pouces. T.

VAN BREDA.

22 Un Payfage d'un fite agréable & piquant
d'effet, orné de fabriques ; l'on voit au
milieu un chemin où paffent différens grouppes de figures & animaux.

Hauteur 20 pouces, longueur 26 pouces. T.

MOLNAER.

23 Un Payfage & Fabrique; au milieu paffe
une riviere où l'on voit différens grouppes
de Patineurs & autres figures & animaux.

Hauteur 17 pouces, largeur 15 pouces. B.

HARMANT D'ITALIE.

24 Un Payfage orné de figures; fur le devant à gauche font deux hommes occupés à jouer aux boules.

Hauteur 9 pouces, largeur 12 pouces. B.

CORNEILLE POELEMBOURG.

25 Un Payfage & Fabrique, orné d'un grand nombre de figures fur différens plans.

Hauteur 12 pouces, largeur 15 pouces. B.

BREUGLE.

26 Deux petits Tableaux, payfage & figures; dont un repréfente le château d'Anet, & l'autre un fite des environs.

Hauteur 4 pouces, largeur 5. C.

27 Deux Payfages dans la maniere de Breugle, ornés de figures & animaux.

Hauteur 9 pouces, largeur 12 pouces. B.

P. BOUT.

28 Deux Payfages, ornés de figures & animaux, d'une jolie compofition.

Hauteur 16 pouces, largeur 22 pouc. T.

VANDERKABELLE.

29 Un Tableau repréfentant un marché; les
devants font ornés de figures & de différens
balots & autres acceffoires.

Hauteur 9 pouces, largeur 12 pouc, B⅓

IDEM.

30 Deux Payfages & Marine, ornés d'un grand
nombre de figures d'hommes & de femmes.

Hauteur 19 pouces, larg. 22 pouces. T.

VANDERNEER.

31 Un Hiver; au milieu du Tableau; l'on
voit une riviere ornée d'un grand nombre
de Patineurs.

Hauteur 24 pouces, larg. 36 pouces. T.

JEAN D'HEEM.

32 Deux Tableaux, repréfentans différens
fruits grouppés fur une table & un vidre-
come au milieu. Ces deux Tableaux font
du plus fin de ce Maître.

Hauteur 18 pouces, larg. 14 pouces. T.

HEMESKERCK.

33 Deux Intérieurs de tabagie, ornés de trois

figures chaque occupés à boire & à fumer.

   Hauteur 4 pouces & demi , largeur 6
pouces. B.

P. B R I L.

34 Un Paysage orné de figures & animaux;
   à gauche l'on voit une masse d'arbres & des
   masures élevés sur des roches.

   Hauteur 13 pouces , larg. 23 pouces. T.

R O T T E N A M E R.

35 Le Bain de Diane , composition de onze
   figures sur différens plans; les fonds offrent
   des masses de paysages.

   Hauteur 10 pouces, largeur 13 pouces. C.

V E R A N D A L.

36 Un Groupe de fleurs dans une caraffe
   posée sur une table.

   Hauteur 21 pouces, largeur 15 pouces. T.

V A N G O Y E N.

37 Un Paysage orné de figures & animaux
   sur différens plans.

   Hauteur 10 pouces , largeur 15 pouces. B.

I D E N.

38 Un Paysage, au milieu passe une riviere où l'on voit trois hommes dans un bateau; les fonds offrent des masses de Paysages ornés de fabriques.

Hauteur 25 pouces, largeur 36 pouces. B.

R O M B O U S T.

39 L'entrée d'une Forêt, au milieu est un chemin orné de figures & animaux.

Hauteur 11 pouces, largeur 13 pouces. B.

T I L B O R C.

40 L'intérieur d'une Tabagie où l'on voit une femme assise près d'une table, jouant de la flûte; près d'elle est un homme tenant un pot.

Hauteur 9 pouces, largeur 7 pouces. B.

G R I F F.

41 Deux petits Tableaux, l'un représente une Chasse au Tigre, & l'autre à l'Ours.

Hauteur 5 pouces, largeur 7 pouces. B.

PHILIPPE WOUVERMANS.

42 Un Hyver; dans le coin du Tableau à
gauche font des fabriques & plufieurs arbres, dont un que trois hommes jettent
en bas, un le coupe & les deux autres le
tirent avec un cable; deux petits enfans
& un cheval font fur le premier plan ; à
droite font plufieurs figures & fabriques fur
différens plans.

Hauteur 13 pouces, largeur 18 pouces. B.

PIERRE WOUVERMANS.

43 Un Tableau repréfentant un Payfage où
l'on voit fur le devant un ménage & différentes figures d'hommes & de femmes;
le fond offre des lointains.

Hauteur 15 pouces, largeur 14 pouces & demi. B.

IDEM.

44 L'intérieur d'un Parc; au milieu duquel
eft un jet d'eau; fur le devant à gauche
eft une voiture près d'un efcalier où font

placées différentes figures ; à droite eſt un
grouppe de figures ſous une treille.

Hauteur 21 pouces & demi, largeur
24 pouces. T.

ISAAC OSTADE.

45 L'intérieur d'une Tabagie ornée de neuf
figures d'hommes & de femmes, grouppés
ſur différens plans.

Hauteur 12 pouces, largeur 15 pouces. B.

IDEM.

46 L'intérieur d'une Chambre ornée de figures ; ſur le devant eſt une femme aſſiſe
qui veut embraſſer un homme ; il eſt de
forme ovale.

Hauteur 3 pouces, largeur 4 pouces. B.

47 Un joli Payſage, ſur le devant ſe voit un
départ pour la chaſſe au faucon, jolie compoſition de dix figures & animaux, par
Lingilbak.

Hauteur 14 pouces, largeur 19 pouces. B.

JEAN STEEN.

48 L'intérieur d'une Tabagie ornée de quatre
figures d'hommes & de femmes; sur le
devant est un vieillard assis, coëffé d'un
chapeau gris, vêtu d'un manteau, il tient
un pot de la main gauche, & de l'autre
un verre; près de lui est un homme occupé
à lire, il est appuyé sur une table, sur
laquelle sont différens accessoires.

Hauteur 14 pouces, largeur 11 pouces.

NETZ.

49 Deux jolis Paysages ornés de figures
sur différens plans. Ces deux Tableaux
sont clairs & fins de ton.

Hauteur 5 pouces, largeur 6 pouces. C.

KLOMP.

50 Un Tableau représentant une Prairie,
où l'on voit différens animaux.

Hauteur 10 pouces, largeur 8 pouces. B.

R. DIETRICY.

51 Deux Paysages, dans l'un on voit un
Hermite

Hermite aſſis ſur le bord d'un chemin près
de ſa cellule, derriere ſont des maſſes de
rochers ornées de Payſages, à gauche l'on
voit une chûte d'eau qui ſe précipite au
bas des rochers, l'autre offre un ſite montagneux, au milieu duquel eſt un pont de
bois élevé au-deſſus d'une riviere, où ſont
placées différentes figures, à gauche eſt un
Pâtre gardant ſes troupeaux.

Hauteur 14 pouces & demi, largeur
12 pouces. B.

P. DE BLOOT.

52 Un Payſage orné de chaumieres, ſur
le devant duquel paſſe une riviere où l'on
voit une barque remplie de figures.

Hauteur 20 pouces, largeur 30 pouces. B.

53 Une Compoſition de ſix figures d'hommes & de femmes, l'on voit à gauche une Marchande de poiſſon hollan-
doiſe.

Hauteur 16 pouces, largeur 13 pouces. T.

B

KELLER,

54 Deux jolis Payſages, ornés de fabriques;
figures & animaux.

Hauteur 10 pouces, largeur 12 pouces. B.

KELLER ET NAUDOU.

55 Deux jolis Payſages ornés de figures &
animaux; dans l'un on voit un Pâtre con-
duiſant ſon troupeau, & l'autre une Femme
gardant ſes beſtiaux.

Hauteur 12 pouces, largeur 13 pouces. B.

56 Un tableau repréſentant une Tabagie
Flamande; dans le coin à droite eſt un
homme jouant du violon, aſſis près d'une
table, où eſt une femme qui le regarde;
il eſt de forme ovale.

Hauteur 9 pouces, largeur 12 pouces. B.

57 Un Tableau repréſentant la chaſte Suſanne
ſurpriſe par les vieillards.

Hauteur 16 pouces, largeur 20 pouces. T.

ÉCOLE FRANÇOISE.

SIMON VOUET.

58 Le Départ d'Adonis pour la chasse.
   Hauteur 21 pouces, larg. 19 pouces. T.

VERDIER.

59 Un Tableau répréfentant la Vifite de
   la Vierge à Sainte Anne ; compofition de
   quatre figures.
   Hauteur 17 pouces, larg. 13 pouces. B.

GASPRE POUSSIN.

60 Un Payfage orné de figures, repréfentant
   un fite montagneux au milieu, & fur le
   fecond plan, l'on voit une chûte d'eau
   qui paffe fur la droite.
   Hauteur 27 pouces, larg. 34 pouces. T.

LAURENT DE LA HYRE.

61 Céphale & Procris, l'inftant où elle lui
   remet fa lance; elle eft debout vêtue d'une
   draperie bleue & violette; près d'elle eft
   fon chien. La gauche offre une maffe de

Payſage ornée d'une colonnade & ruine
d'architecture, au bas deſquelles Céphale
eſt aſſis; le fond offre l'entrée d'un parc.

Hauteur 36 pouces, larg. 40 pouces. T.

TREMOLIER.

62 Vénus & l'Amour, aſſis ſur un nuage;
Vénus regarde l'Amour à qui elle vient
de dérober ſon carquois; près d'elle eſt un
char attelé de deux Cignes.

Hauteur 13 pouces & demi, largeur 22
pouces. T.

IDEM.

63 Un Tableau repréſentant Hébé, tenant
d'une main l'Amour ſur ſes genoux & de
l'autre une urne; elle eſt aſſiſe ſur un
nuage.

Hauteur 32 pouces, larg. 26 pouces. T.

BAPTISTE MONOYER.

64 Un Tableau repréſentant un Grouppe
de différentes fleurs dans un vaſe poſé ſur
une table; il eſt de forme ovale.

Hauteur 27 pouces, larg. 21 pouces. T.

VANDERMEULEN.

65 Un Payfage, fur le devant duquel fe voit une attaque de cavalerie.

Hauteur 21 pouces, larg. 27 pouces. T.

MARTIN.

66 Un Choc de cavalerie à la fortie d'un bois; les fonds offrent des défilés de cavalerie.

Hauteur 16 pouces, larg. 24 pouces. T.

D'après BOURDON.

67 Deux Tableaux, l'un repréfentant la Reine de Saba devant Salomon, & l'autre le célébration d'un mariage; ils font de forme ronde dars des bordures carrées.

Hauteur 12 pouces, larg. 12 pouces. T.

GRIMOU.

68 Une jolie Tête de femme, coëffée d'un turban jaune, vétue d'un manteau d'hermine.

Hauteur 17 pouces, larg. 14 pouces. T.

IDEM.

69 Une Tête d'homme coëffée en cheveux.

B iij

vêtu d'une draperie rouge , tenant de la main droite un rouleau de papier.

Hauteur 34 pouces, larg. 27 pouces· T.

ANTOINE WATTEAU.

70 Une jolie Efquiffe terminée , du Jardin d'Amour , compofition de neuf figures.

Hauteur 13 pouces, larg. 16 pouces. T.

CAZES.

71 La Naiffance de Bacchus , compofition de fept figures. C'eft un des plus agréables Tableaux de ce Maître.

Hauteur 23 pouces, larg. 18 pouces. T.

BERTIN.

72 Deux Tableaux, l'un repréfentant Pfiché & l'Amour ; l'autre Vénus & l'Amour.

Hauteur 17 pouces, largeur 13 pouces & demi. T.

PATEL.

73 Un beau Payfage orné de figures, fur différens plans & ruines d'architecture.

Hauteur 10 pouces, larg. 14 pouces. T.

I D E M.

74 Un Payfage, architecture & fabrique, orné de figures.

Hauteur 11 pouces, larg. 14 pouces. C.

L A N C R E T.

75 Un Payfage où l'on voit deux figures d'homme & de femme affis fur une monticule de terre élevée entre deux arbres placés auprès d'une riviere qui paffe fur le devant du Tableau.

Hauteur 15 pouces & demi, largeur 18 pouces. T.

FRANÇOIS BOUCHER.

76 Deux Tableaux, faifant pendant; l'un repréfente le Tonnellier, & l'autre la Clochette; fujet tiré des Contes de la Fontaine.

Hauteur 17 pouces, larg. 21 pouces. T.

I D E M.

77 Un Grouppe de trois Amours jouant avec des colombes.

Hauteur 36 pouces, larg. 28 pouces. T.

B iv

M. LAGRENÉE le jeune.

78 Une jolie composition de neuf figures, représentant un Repos en Egypte.

Hauteur 20 pouces, larg. 14 pouces. T.

M. GREUZE.

79 Une Tête d'étude d'homme, vue de trois quarts, vêtue d'une draperie verte.

Hauteur 20 pouces & demi, largeur 16 pouces & demi. T.

M. ROBERT.

80 Un Tableau d'un effet vigoureux, représentant la vue d'un aqueduc, sous lequel est un escalier où l'on voit un grand nombre de figures; sur le devant sont placés différens Grouppes de figures & autres accessoires.

Hauteur 28 pouces, larg. 37 pouces. T.

AUBRY.

81 Deux Tableaux, faisant pendans; l'un représente le départ d'un Milicien, & l'autre l'intérieur d'une hôtellerie où l'on voit des Soldats à table occupés à jouer.

Hauteur 5 pouces, larg. 6 pouces. T.

I D E M.

82 L'intérieur d'une Chambre de Payfan ; jolie compofition de huit figures, efquiffe terminée & pouvant fervir de milieu aux deux autres.

Hauteur 5 pouces, largeur 6 pouces. T.

LA CROIX.

83 Un Tableau agréable de compofition ; repréfentant un Payfage orné de figures fur différens plans.

Hauteur 24 pouces, largeur 17 pouces. T.

M. JULIEN.

84 Un Tableau, payfages & figures d'une jolie compofition, repréfentant une Fête bacchique.

Hauteur 24 pouces, largeur 18 pouces. T.

M. SAUVAGE.

85 Un Bas-relief, repréfentant un Grouppe de fix enfans ; il eft de forme ovale.

Hauteur 11 pouces, largeur 9 pouces. B.

M. T A U N A Y.

86 Un joli Payfage , repréfentant un fité montagneux, au bas duquel l'on voit des maffes de payfages & de côteaux, au milieu eft un chemin où l'on voit une marche d'animaux ornée de figures.

Hauteur 8 pouces, largeur 10 pouces. B.

M. B I L C O Q.

87 La Vue d'une Ferme, ornée de figures fur différens plans; à gauche l'on voit un Grouppe de cinq figures d'hommes & de femmes près d'une table, les devants font ornés de différens acceffoires; elle eft de forme ovale.

Hauteur 8 pouces, largeur 6 pouces & demi. B.

M O R E T H.

88 Deux Payfages ornés de fabriques, figures & animaux, par M. Huet.

Hauteur 12 pouces, largeur 15 pouces. T.

M. Reser.

89 Deux jolis Payſages, ornés de figures
& animaux.

Hauteur 7 pouces & demi, largeur 6
pouces. T.

I d e m.

90 Deux autres Payſages ornés de figures;

Hauteur 5 pouces, largeur 7 pouces
& demi. T.

C r e p i n.

91 Un Tableau repréſentant des antres de
rochers, orné de figures.

Hauteur 15 pouces, largeur 25 pouces. T.

N a u d o u.

92 Deux jolis Payſages ornés de figures &
animaux.

Hauteur 9 pouces, largeur 12 pouces. T.

D a m a m e.

93 Deux Payſages ornés de figures; dans
l'un ſe voit une riviere au bord de laquelle

font des b ig euses, & l'autre un repos
de B c'antes près de la riviere.

Hauteur 8 pouces, largeur 11 pouces. B.

L. BELANGER.

94 Un joli Payfage, au milieu duquel
paffe une riviere où font plufieurs figures
& animaux.

Hauteur 10 pouces, largeur 17 pouces. T.

95 Deux jolis Payfages, & figures & animaux, d'une compofition agréable, par
un Artifte moderne.

Hauteur 13 pouces, largeur 17 pouces. B.

96 Un Payfage & figure, de forme ronde.
Hauteur 8 pouces, largeur 8 pouces. B.

97 Un Payfage & Fabrique, ornés de
figures & animaux fur différens plans.

Hauteur 20 pouces, largeur 15 pouces. T.

GOUACHES
ET DESSINS MONTÉS.
BARTHOLOMÉ.

98 Une Gouache repréfentant un payfage;
ornée de figures; fur le devant eft Abra-
ham abandonnant Agar & Ifmaël.

Hauteur 7 pouces, largeur 10 pouces.

HAKERT.

99 Une Gouache ornée de figures & animaux.

Hauteur 8 pouces, longueur 10 pouces.

LA FARGUE.

100 Un Deffin à l'encre de la Chine, repréfentant une vue de Hollande.

Hauteur 12 pouces, largeur 11 pouces.

MOREAU.

101 Deux jolies Gouaches, payfages ornés
de fabriques; dans l'un paffe une riviere où
l'on voit des femmes qui fe baignent,
l'autre eft une halte de foldats.

Hauteur 6 pouces, largeur 9 pouces.

MORETH.

102 Deux Gouaches ornées de payfages &
animaux.

Hauteur 12 pouces, largeur 9 pouces
& demi.

IDEM.

103 Une Gouache, ornée de payfages &
animaux.

Hauteur 3 pouces, largeur 4 pouces.

LE MAY.

104 Une belle Gouache, repréfentant un
port de mer où l'on voit un grand nombre
de pêcheurs fur le devant occupés à retirer
leurs filets ; le fond offre de belles maffes de
rochers & quelques vaiffeaux en mer.

Hauteur 15 pouces, largeur 21 pouces.

IDEM.

105 Une Gouache, figures & animaux.

Hauteur 6 pouces, largeur 5 pouces.

M. SCHENAU.

106 Deux Deffins aux crayons noir & blanc
fur papier gris, repréfentant des jeux d'enfans.

Hauteur 7 pouces, largeur 14 pouces.

M. BENEZECH.

107 Deux Deſſins coloriés, repréſentant l'un le triomphe de Bacchus, & l'autre un bacchanal.

Hauteur 9 pouces, largeur 13 pouces.

DESFRICHES.

108 Un Deſſin, payſage, figures & animaux.
Hauteur 12 pouces, largeur 10 pouces.

M. NICOLLE.

109 Un Deſſin aux eaux, repréſentant la vue du Pont neuf priſe du côté du Pont royal, orné de figures & de beaucoup de détails ſur la riviere.

Hauteur 13 pouces, largeur 21 pouces.

IDEM.

110 Un Deſſin colorié, orné de figures.
Hauteur 12 pouces, largeur 10 pouces.

IDEM.

111 Deux autres Deſſins aux eaux, repréſentant des deſſous de voute ornés de figures.

Hauteur 8 pouces, largeur 10 pouces.

112 Deux Deffins d'architecture coloriés,
ornés de figures.
    Hauteur 14 pouces, largeur 10 pouces.

113 Deux Marines deffinées à la plume &
lavées à l'encre de la Chine, ornées de figures.
    Hauteur 4 pouces & demi, largeur 6
pouces.

TERRE CUITE.

114 Une Terre cuite de M. Fernex, repréfentant une femme endormie appuyée fur l'urna
d'un fleuve, fur fon focle de bois doré.
    Hauteur 10 pouces, largeur 14 pouces.
            IDEM.

115 Un très-beau Plâtre réparé par M. Fernex,
moulé fur fa terre cuite.

116 Plufieurs bons Tableaux, Miniatures,
Gouaches, Deffins, Eftampes & autres ob-
jets, qui feront détaillés dans le cours de la
Vente.

Lu & approuvé ce 10 Avril 1783. COCHIN.

De l'Imprimerie de PRAULT, Imprimeur
du Roi, Quai des Auguftins.

www.ingramcontent.com/pod-product-compliance
Lightning Source LLC
Chambersburg PA
CBHW061604180626
46818CB00005B/1943